LOS HERMANOS PARECIDOS

Tirso de Molina

PERSONAS QUE HABLAN EN ÉL:

- **ATREVIMIENTO**
- **ADMIRACIÓN**
- **HOMBRE**
- **ÁFRICA**
- **ASIA**
- **EUROPA**
- **AMÉRICA**
- **ENGAÑO**
- **TEMOR**
- **CRISTO**
- **ENVIDIA**
- **JUSTICIA**
- **DESEO**
- **CODICIA**
- **Buen LADRÓN**
- **MADALENA**
- **MÚSICOS**

ATREVIMIENTO: ¡Otra vez me vuelve a dar
   los brazos, Admiración!
ADMIRACIÓN: ¡Bien me la puedes causar,
   bravo mozo! Con razón
   te puede el mundo llamar
    honra suya, que contento
   vienes; y ¡que, a lo soldado!
   ¡Bravas plumas das al viento!
ATREVIMIENTO: Por mi valor lo he ganado
   todo.
ADMIRACIÓN: Eres Atrevimiento.
    ¿A qué no te atreverás?
   ¿De dónde vienes?
ATREVIMIENTO: Del cielo;
   donde no pienso entrar más.
ADMIRACIÓN: Pues ¿nacido allá?
ATREVIMIENTO: En el suelo
   desde agora me verás;
    que aunque del querub nací,
   que el monte del testamento
   intentó asaltar por mí,
   con ser yo el Atrevimiento,
   como mi padre caí.
    Echóme de allá la guerra,
   y así estoy determinado,
   pues mi patria me destierra,
   dejarla.
ADMIRACIÓN: No es estimado
   ningún valiente en su tierra.
    Pero, pues al mundo bajas,
   ¿qué oficio piensas tener?
   Porque si en él no trabajas,
   mal ganarás de comer.
ATREVIMIENTO: No son mis prendas tan bajas
   que, para adquirir sustento,
   me obligue a degenerar

de mi altivo nacimiento.
¿Quién me puede a mí estorbar,
si soy el Atrevimiento,
    cuanto produce la tierra,
cuanto el mar inmenso cría
y el viento en su esfera encierra?
Yo he de poner algún día
sobre una tierra otra tierra,
    y, aunque les pese a las nubes,
he de cobrar el asiento
que perdieron los querubes.
ADMIRACIÓN: Pues, hermano Atrevimiento,
caerás si tan alto subes.
    Mas ya que al mundo has venido,
¿qué es lo que en él se te ofrece,
o qué ocasión te ha traído?
ATREVIMIENTO: La Fortuna favorece
al osado y atrevido.
    Nombró el Rey, nuestro señor,
al hombre, por ser su hechura,
virrey y gobernador
de este mundo, que procura
hacerle su coadjutor.
    Puso casa en su grandeza
augusta; pues, porque goce
de estos orbes la belleza,
le sirve y le reconoce
la misma naturaleza.
    Tanto imperio, en fin, le ha dado,
que hoy entra, según oí,
bizarro y acompañado
debajo un palio turquí
de diez altos de brocado,
    sembrado todo de estrellas,
con tan gallarda persona
que, aventajándose a ellas,
con su vista perficiona
las criaturas más bellas.
    Yo, que altas cosas codicio,
pretendo agora asentar

en su casa y su servicio
y en ella solicitar
la mejor plaza y oficio.
    Tengo a su lado un pariente
que a cuanto quiere le obliga,
y una dama diligente
muy su valida y amiga.
ADMIRACIÓN: Ansí harás buen pretendiente.
        ¿Y es el pariente?
ATREVIMIENTO: El deseo.
ADMIRACIÓN: ¿Y su dama?
ATREVIMIENTO: La irascible.
ADMIRACIÓN: Mucho puede con él.
ATREVIMIENTO: Creo
    que, a pedir un imposible,
    le alcanzara.
ADMIRACIÓN: Yo bien veo
    que a los dos les está a cuento
    que entréis en palacio vos;
    pues si es el deseo violento,
    e irascible, harán los dos
    príncipe al Atrevimiento.
        Mas ya han venido, y está
    bien que seáis su privado,
    porque si crédito os da,
    de suerte sois alentado,
    que todo lo intentará.
ATREVIMIENTO: Por mí tiene de alcanzar
    cosas imposibles.
ADMIRACIÓN: ¡Fiesta
    brava!
ATREVIMIENTO: Ya debe de entrar
    tiunfando el Hombre.
ADMIRACIÓN: Desde esta
    parte lo puedes gozar.

*Descúbrese un mundo, que encierra en su centro
al HOMBRE, asentado en un trono, con corona y cetro, cuya parte
superior, en forma de dosel, será azul, sembrado de
estrellas, con el sol y la luna, y la inferior, pintada de llamas,*

de nubes, de aguas, árboles, peces, pájaros y brutos.
A las cuatro partes, dos a un lado y dos a otro, estén ASIA,
ÁFRICA, EUROPA y AMÉRICAdel modo que ordinariamente
se pintan, como que tienen el mundo en forma de palio; toquen
instrumentos y luego canten los MÚSICOS

MÚSICOS: *"Sea bien venido*
             por gobernador
             el virrey del orbe,
             el mundo menor,
             el retrato vivo
             de su mismo autor,
             padre de las gentes,
             juguete de Dios;
             su vicemonarca,
             su recreación,
             blanco de su gusto,
             centro de su amor.
             Sea bien venido
             por gobernador
             el virrey del orbe,
             el mundo menor."

ASIA: Epílogo de todo lo crïado,
          cifra de cuanto Dios por su contento
          puso en aqueste globo concertado
          que toca su poder como instrumento;
          suma del mundo y como tal llamado
          microcosmos, en cuyo noble asiento,
          como abreviado asombro y maravilla
          el Rey nuestro señor pondrá su silla.
             Tú, en quien halla su ser toda criatura,
          la piedra cuerpo, vegetar la planta,
          sentir el animal y la hermosura
          del ángel entender con gracia tanta;
          tú, en fin, en cuya imagen y figura
          puso la Trinidad inmensa y santa
          su retrato en quien ser humano tengas,
          mil veces para bien del mundo vengas.

Las cuatro partes de esta esfera baja,
que es tu jurisdicción, vienen a darte
la obediencia debida, y la ventaja,
de cuantas cosas cría en cada parte.
Toda criatura la cerviz abaja
y tus manos y pies llega a besarte
reconociendo por señor al hombre
que, conforme a su esencia, le dio nombre.
    Y yo la primer parte de estas cuatro,
la más ilustre por antonomasia,
la princesa y señora a quien el Batro
como oro pecha cinamomo y casia,
los pies llego a besarte en el teatro
de esta máquina hermosa. Yo soy Asia,
y el campo damasceno en mí se encierra,
de quien Dios al formarte tomó tierra.
    Madre he de ser de toda la nobleza
de Seth, tu mayorazgo, aunque tercero,
suceda su progenie en mi riqueza
y Europa en la corona que primero
honró mis sienes y por más grandeza
de la tierra en que gozosa espero,
que cuando asiento constituya a Roma
me librará del pérfido Mahoma.
ÁFRICA: África llega a dar, príncipe justo,
la obediencia a tus plantas y el decoro
que debe a tu poder y imperio augusto,
fértil en ámbar, perlas, marfil y oro;
no menosprecies el color adusto
de mi morena cara que, aunque lloro
el cautiverio de mi gente impía,
la ley de Roma adoraré algún día.
EUROPA: Europa, padre Adán, en quien el mundo
ha de lograr en siglo venidero
el trono universal sobre que fundo
el mayorazgo que gozar espero,
la ley del celestial Adán segundo
para remedio del Adán primero
defenderá, pues, porque triunfe el mismo,
en mí ha de estar el solio del bautismo.

AMÉRICA: Y yo por tantos siglos escondida
               a la noticia oculta de la gente,
               y después por España reducida
               a que la cruz de amor honre mi frente,
               mil parabienes doy a tu venida,
               mandándome mi fe que te presente,
               pues América soy, parias bizarras,
               la plata en cerros como el oro en barras.
HOMBRE: Hermoso ornato en variedad distinta,
               de tanta esfera célebre en que puedo,
               pues el dedo de Dios la esmalta y pinta,
               decir que es la sortija de su dedo;
               el soberano Rey que hizo la cinta
               tachonada de estrellas donde el miedo
               jamás llegó, de donde el pesar huye,
               por vuestro vicediós me constituye.

               Mentras no quebrantare inobediente
               una ligera ley, solo un precepto
               que me intimó su imperio omnipotente,
               al orbe todo he de tener sujeto;
               el áspid venenoso, el león rugiente,
               el cocodrilo, me tendrán respeto;
               todo esto puede aquel que con Dios priva.
UNO: ¡Viva nuestro Virrey!
TODOS: El hombre viva.

*Toca la MÚSICA. Sale la VANIDAD muy bizarra,
y con ella el ENGAÑO y el DESEO; baja por una escala
levadiza el HOMBRE, y cúbrese el trono*

HOMBRE: A verme viene mi querida esposa.
ATREVIMIENTO: Baje vuestra excelencia a recibilla.
HOMBRE: ¡Oh, hueso de mis huesos, carne hermosa
               de mi carne, del mundo maravilla,
               compañera del hombre deliciosa,
               cuya materia ha sido mi costilla,
               en fe de que saliendo de mi lado
               sepas que me has costado mi costado;
                 ¡dame esos brazos!

VANIDAD: Caro dueño mío,
          después de nuestro desposorio honesto,
          acompañada fui de mi albedrío
          a ver la corte y casa que te ha puesto
          el que te encarga el pleno señorio
          de todo el globo esférico, compuesto
          de criaturas tan bellas y bizarras,
          joyas de amor que me ofreciste en arras.
             Vi a un escritorio el mundo reducido,
          labrado de ingeniosa taracea,
          donde el poder de Dios tiene esculpido
          todo cuanto esta máquina desea,
          con diversas labores guarnecido
          de estrellas de oro que en su adorno emplea
          y por chapas al sol y luna solos,
          si por aldabas los opuestos polos.
             Gavetas eran suyas las criaturas,
          en géneros y especies divididas,
          conservadas en ellas y seguras
          y a obedecer tu imperio reducidas.
          No tienen las gavetas cerraduras
          para nosotros, antes prevenidas
          al apetito dan conservas bellas
          para que escoja el gusto en todas ellas.
             Una gaveta sola hallé con llave
          y en sus molduras, caro esposo, escrito
          "ciencia del bien y el mal," precepto grave,
          cerrar la ciencia, Adán, que solicito.
          Parecióme el manjar bello y süave,
          porque esto de saber causa apetito;
          llegó el engaño, que mi amor procura,
          y con él arranqué la cerradura.
             Comí el fruto más tierno, más sabroso
          que ofreció a los sentidos la apariencia;
          repara en la gaveta, caro esposo,
          pruébale y le hallarás por excelencia.

Saca una gaveta de manzanas muy curiosa

ATREVIMIENTO: Caso es, señor, pesado y riguroso
          que fruta que es del árbol de la ciencia
          del bien y el mal te sea a ti vedada;
          come la fruta que a tu esposa agrada.
HOMBRE: Ciencias tengo yo infusas y prudencia
          si de ellas me aprovecho con cuidado;
          nombre di a cuantas cosas la potencia
          del Rey nuestro señor me ha encomendado.
VANIDAD: Ésta es ciencia de Dios y justa ciencia,
          y pues su majestad nos la ha vedado,
          cuando los dos podemos serle iguales,
          dioses debe envidiarnos inmortales.
             Come, esposo y señor, o no me digas
          que amor me tienes.
HOMBRE: En mi mal repara;
          mira, querida esposa, que me obligas
          a indignar nuestro Rey.
VANIDAD: Justicia y vara
          tienes; rey eres solo como sigas
          mi gusto.
HOMBRE: ¿Ves cuán presto sales cara,
          mujer formada de costilla aposta,
          que en ser de mi costado, fue a mi costa?
ATREVIMIENTO: ¿Qué temes? ¿No eres hecho a semejanza
          de Dios cuanto a la parte intelectiva?
          Tu alma la unidad de Dios alcanza
          por ser similitud de su ser viva;
          la Trinidad también para alabanza
          de lo que tu valor con ella priva
          te retrató su copia peregrina
          una en esencia y en potencias trina.
             También produce, Adán, tu entendimiento
          el verbo que el objeto representa
          teniendo de ti el ser y nacimiento,
          si bien es accidente cuanto intenta,
          y de estos dos como de fundamento
          produce amor la voluntad exenta,
          pues por la voluntad amar pretendes
          lo que en la mente viva comprehendes.
             Pues si tu entendimiento al Padre imita

y el concepto a su Hijo es parecido,
si el Espíritu Santo te acredita
como su amor el tuyo producido,
come de aquesta fruta, que infinita
hará tu dignidad.
VANIDAD: Dueño, marido,
señor, mi bien, mi gusto, come agora.

Llora

HOMBRE: ¿A qué no obligará mujer que llora?
        Si he de ser como Dios y ésta es la ciencia
        del bien y el mal, comer quiero. ¿Qué dudo?
        Atrevimiento, muestra.
ATREVIMIENTO: Tu excelencia
        coma y a Dios se iguale, pues que pudo.

Come

HOMBRE: Ésa fue la primera inobediencia
        del ángel necio. Pero estoy desnudo.
        ¿Cómo, cielos, es esto?
ADMIRACIÓN: Tu malicia
        te desnudó la original justicia.
HOMBRE: Vergüenza tengo, abriéronse mis ojos,
        ciencia del bien perdí y al mal presente
        me condena el manjar, viles despojos;
        será la muerte herencia de mi gente,
        la tierra me dará espinas y abrojos,
        fruto debido al hombre inobediente;
        Ícaro soy, deshizo el sol mis alas.
ATREVIMIENTO: Ea, que ya eres Dios, con él te igualas.
HOMBRE: El temor de mis culpas se comienza
        a dilatar por mí. ¡Tristes congojas!
        ¡Que una mujer con tanto imperio venza
        a un hombre sabio!
VANIDAD: ¿Contra quién te enojas?
HOMBRE: De mi insulto ha nacido la vergüenza

de verme ansí.
VANIDAD: Pues vamos, que en las hojas
de aquella higuera nuestras galas fundo.
.... [-undo].

*Vanse. Quédanse el ATREVIMIENTO, el
ENGAÑO y el DESEO*

ATREVIMIENTO: Ea, Deseo, ya tienes
satisfecha tu esperanza;
tú eres sólo la privanza
del hombre que a servir vienes;
    en tu mano está el empleo
de todo cuanto heredó;
perdióse porque cumplió
en ti su loco deseo.
    Tú, sin límite ni tasa,
gozas su ciego favor;
su mayordomo mayor
eres, pongámosle casa,
    pues que la que Dios le puso
desbaratan sus pecados.
DESEO: Despedido ha los crïados
antiguos.
ENGAÑO: No son al uso,
    que la prudencia y justicia,
la cordura y el consejo
visten y andan a lo viejo;
casas hay a la malicia
    y crïados ha de haber
a la malicia.
DESEO: El Engaño,
que tiene donaire extraño,
truhán suyo puede ser.
ATREVIMIENTO: ¡Oh! Mal sabéis lo que puede
en el palacio un truhán.
Ya los cargos no se dan
sino a quien se los concede
    un bufón que tira gajes

de cuantos él aconseja,
porque es corredor de oreja
y habla en diversos lenguajes
  en vituperio y favor,
y por él premian los reyes,
castigan y ponen leyes.
DESEO: El Engaño embustidor
  hará ese oficio muy bien.
ATREVIMIENTO: Casadle con la Lisonja.
DESEO: Ésa dicen que ya es monja.
ENGAÑO: ¿No era buhonera?
ATREVIMIENTO: También.
ENGAÑO: ¡Monja!
ATREVIMIENTO: Monja se ha metido
y trata en ser conservera
después que no sale fuera.
Luego ¿nunca habéis comido
  lisonjas de miel y azúcar,
que, aunque tal vez empalagan,
entre bizcochos halagan
desde el estudiante al Fúcar?
DESEO: Maestresala puede ser
la soberbia Presunción,
hermano de la Ambición
del servir y el pretender;
  paje de copa el Contento.
ENGAÑO: Flojo oficio le habéis dado,
porque gasta el vino aguado.
ATREVIMIENTO: Pues eso es lo que yo intento.
DESEO: Daréle la Liviandad
de vestir.
ENGAÑO: ¡Qué de invenciones
en valonas y en valones
sacará su vanidad!
  ¡Qué de mangas por gregüescos,
qué de gregüescos verán
por mangas en el galán
ya ingleses y ya tudescos!
  ¡Qué de golas y alzacuellos
diferentes del jubón!

            ¡Qué de ninfos que a Absalón
            compran postizos cabellos
               para solapar desnudos
            cascos de pelo y juicio!
            ¡Qué de calvos, que por vicio
            con lazadas y con nudos
               por remediar sus flaquezas
            nos han de dar que reír!
ATREVIMIENTO: Mal se podrán encubrir
            remiendos en las cabezas.
               Pero, dejándonos de eso,
            ¿no advertís cuán triste está
            el príncipe?
ENGAÑO: Sentirá,
            como es justo, tanto exceso.
ATREVIMIENTO: Pues échese la Memoria
            de casa y entre el Olvido;
            y porque esté entretenido
            llévele la Vanagloria
               a su jardín, donde juegue
            y se divierta.
DESEO: Sea ansí;
            mas él mismo viene aquí;
            convidadle cuando llegue
               a algún juego.
ENGAÑO: Ansí se hará;
            pero ¿qué juego ha de ser,
            si no tiene que perder
            quien la gracia perdió ya?

***Salen el HOMBRE, la VANIDAD, la CODICIA y la
                      ENVIDIA***

VANIDAD: ¿Qué nueva melancolía
            te aflige estando aquí yo?
            ¿No eres tú el rey a quien dio
            su imperio esta monarquía?
               ¿No te estima y reverencia?
            Pues ¿de qué tienes cuidado?

HOMBRE: Hízome mal un bocado.
ENGAÑO: Ésa es linda impertinencia.
          Deja la memoria loca,
       que son tristezas sin frutos;
       anden, príncipe, los brutos
       con el bocado en la boca;
          juega, canta, triunfa, olvida
       necedades.
HOMBRE: ¡Ay de mí!
ENGAÑO: ¿Yo no soy tu truhán?
VANIDAD: Sí.
ENGAÑO: Pues goza la buena vida.
HOMBRE: ¿Quién, Engaño, te ha vestido
       tantos colores?
ENGAÑO: Hogaño
       se metió sastre el Engaño,
       yo me cosí este vestido,
          los retazos del pendón
       tantos jirones me dan.
ATREVIMIENTO: El Engaño y el truhán,
       por otro nombre bufón,
          si de diversas colores
       no se adornan, ¿de qué suerte
       llegaran a entretenerte
       ni agradar a los señores?
ENGAÑO: Bella dama te acompaña.
HOMBRE: ¿No es del cielo su beldad?
DESEO: Hermosa es la Vanidad.
ENGAÑO: Será natural de España.
ENVIDIA: ¿Qué la primera mujer
       fue la Vanidad?
HOMBRE: ¿Pues no?
       Por vanidad pequé yo,
       y este nombre ha de tener.
ENGAÑO: ¡Oh, lleve el diablo el pecado!
       No te acuerdes de eso agora;
       entretenedle, señora.
VANIDAD: Por el jardín le he llevado
          de la Murmuración.
ENGAÑO: Bueno;

¿haste divertido en él?
HOMBRE: Gusto me dio su vergel,
       que es variable y ameno;
        de todo trata, no deja
       flor que no tenga.
DESEO: Ni errara
       si a la araña no hospedara
       y desterrara a la abeja.
VANIDAD: Riega la Murmuración
       sus cuadros con una fuente
       de sangre fresca y reciente.
ATREVIMIENTO: Siempre fue su inclinación;
        sangre será de las venas
       del Señor que la derrama.
VANIDAD: Es verdad, porque se llama
       fuente de famas ajenas.
HOMBRE: Sí, mas todo cansa al fin.
ENGAÑO: Juguemos un poco, pues,
       divertiráste después
       otro rato en el jardín
        de la Hipocresía.
HOMBRE: ¿A qué?
ENGAÑO: Al ajedrez.
HOMBRE: Da tristeza.
ENGAÑO: ¿Por qué?
HOMBRE: Comíle una pieza
       a Dios, que mi muerte fue;
        era rey, ya soy peón.
ENVIDIA: Así el pecador se llama,
       mas no guardaste la dama.
       Soplótela la ambición;
        no me espanto.
ATREVIMIENTO: A la pelota
       jugarás.
HOMBRE: Atrevimiento
       pelota soy yo de viento
       derribada agora y rota.
        Quísele ganar la chaza
       a Dios; cual Luzbel subí,
       pero volvióme y caí

donde el temor me amenaza.
    Ya mi dignidad pasada
lo mismo que nada es,
que soy Adán, y al revés
lo mismo es *Adán* que *nada*.
ENGAÑO: Ea, pon aquí una mesa,
saquen naipes y al parar
juguemos.
HOMBRE: Gané al pintar
y perdíme por la presa.
    Al pintar Dios lo crïado
con su divino pincel
gané cuanto puse en él
con la gracia y principado;
    hice presa cuando vi
el árbol en que pequé,
y lo que al pintar gané
por la presa lo perdí.
ENGAÑO: Son suertes esas distintas.
CODICIA: Y vos gran tahur, Engaño.
ENGAÑO: El tabardillo de hogaño
con todos juega a las pintas.
ENVIDIA: Vaya al chilindrón.
HOMBRE: Son vanos
los lances del chilindrón;
jugó mi necia ambición
y cogióme Dios las manos;
    diómela la suya franca,
y quebrantando su ley,
creí que me entrara un rey
y quedéme en carta blanca.
ENVIDIA: En blanco diréis mejor,
que es de lo que yo me alegro.
HOMBRE: En blanco no, porque en negro
queda siempre el pecador.

Ponen una mesa, asientos y naipes

ATREVIMIENTO: Ea, juguemos primera.
HOMBRE: No lo será para mí;
        pues que la gracia perdí
        primera.
ENGAÑO: ¡Pesares fuera;
        vengan naipes!
HOMBRE: La baraja
        que tanto el Hombre procura,
        parece a la sepultura,
        porque allí no hace ventaja
          el Monarca a sus vasallos,
        pues iguala de una suerte
        la baraja de la muerte
        los reyes y los caballos.
ATREVIMIENTO: Haced que traigan los tantos.
HOMBRE: Los hipócritas lo sean,
        para que cuando los vean
        los que los juzgan por santos,
          en acabándose el juego
        de la vida al pecador
        los echen por sin valor
        en la basura del fuego.

Siéntanse a jugar el HOMBRE, la VANIDAD, la
CODICIA y la ENVIDIA

ENGAÑO: Éstos son los naipes.
VANIDAD: Vengan
CODICIA: Dos papeles traen pegados.
HOMBRE: Son como amigos doblados.
ENVIDIA: ¿Quién duda que arena tengan
        porque presto se despeguen?
HOMBRE: Como los gustos serán
        del mundo, que los traerán
        rotos primero que lleguen.
CODICIA: ¿Qué habemos de hacer de resto?
VANIDAD: Las honras y dignidades.
HOMBRE: Vanidad de vanidades.
VANIDAD: Ya yo mi caudal he puesto.

CODICIA: Por la mano llego a alzar.
HOMBRE: No vale mano, es en vano.
CODICIA: ¿Por qué?
HOMBRE: Porque por la mano
        perdió el reino Baltasar.
ENGAÑO: Echó por copas, fue un necio.

Alzan

ENVIDIA: Un tres de bastos.
HOMBRE: A Amán
        con él donde le ahorcarán.
DESEO: ¡Qué privanza!
ATREVIMIENTO: ¡Y qué desprecio!
CODICIA: Alcé un caballo de espadas.
HOMBRE: Si es símbolo de la hidra,
        sobre ese caballo mira
        a Saulo ciego, humilladas
        sus bravatas y fiereza.
DESEO: ¿El caballo perderá
        la espada? No, antes dará
        por la espada la cabeza.
HOMBRE: Alzo un siete.
ATREVIMIENTO: A Madalena
        se le dad.
VANIDAD: Siete pecados
        tienen de darla cuidados.
HOMBRE: Algún dia será buena.

Juegan a la primera

ENVIDIA: No tengo puntos, yo paso.
HOMBRE: Mientras que la muerte envida
        pasad todos, que esta vida
        se acaba al fin paso a paso.
ENVIDIA: Envido un tanto. ¿En qué duda?
CODICIA: Quiero un tanto y luego el resto.
VANIDAD: ¿Quién ha querido todo esto?

ENVIDIA: ¿Quién? la codicia de Judas.
HOMBRE: ¿Qué es el resto?
CODICIA: Mi conciencia.
VANIDAD: Conciencia de despensero,
          mala cosa, no la quiero.
ENVIDIA: Yo sí; eche cartas.
CODICIA: Paciencia;
               a flux voy.
ENVIDIA: Y yo a primera;
          hasta ahora no he perdido.
CODICIA: Pues mire.
ENVIDIA: Dadme el partido;
          ¿qué manjar es el que espera?
CODICIA: Oros.
ENVIDIA: ¿Oros? no hago cuenta
          de partido; mire.
CODICIA: Miro;
          no hice nada; tire.
ENVIDIA: Tiro.
HOMBRE: ¿Cuántas hizo de oros?
CODICIA: Treinta.
HOMBRE: Ese número ha de ser
          tu muerte.
CODICIA: Perdí el dinero
          y conciencia.
ENGAÑO: Un despensero,
          ¿para qué la ha menester?
CODICIA: ¡No tuviera yo el ungüento
          que en Cristo vertió María
          Madalena!
HOMBRE: ¿Qué valdría?
CODICIA: Trecientos reales que en viento
          los volvió su perdición.
          ¿No fuera mejor vendello
          para remediar con ello
          los pobres?
HOMBRE: Sana intención;
          mas cuando todos los cobres,
          tu piedad ¿qué es lo que intenta?
CODICIA: Remediar pobres.

ATREVIMIENTO: ¿Qué cuenta
          tiene Judas con los pobres?
ENVIDIA: ¿Queda más que jugar?
CODICIA: Tengo
          un *Agnus Dei* esmaltado
          de oro y plata.

Saca un Agnus de oro

HOMBRE: Será hurtado.
CODICIA: No sé; a vendérosle vengo.
DESEO: Buena es la iluminación.
HOMBRE: Rayos arroja que, ardientes,
          alumbran todas las gentes.
DESEO: ¡Admirable encarnación!
VANIDAD: De ver su hechura me espanto.
HOMBRE: Encarnóle una doncella
          rigiendo el pincel en ella
          el mismo Espíritu Santo.
CODICIA: ¿Quién le compra?
DESEO: El judaísmo.
ENVIDIA: ¿Cuánto pedís?
CODICIA: Treinta reales
          no más, y han de ser cabales.
HOMBRE: ¿Por qué?
CODICIA: Porque aqueso mismo
          pensé yo hurtar del ungüento
          de Madalena.
ENVIDIA: Tomad
          los dineros y jugad.
HOMBRE: ¿Qué no hará el que es avariento?
CODICIA: Perdonad, confusas dudas;
          tomadle, pues le compráis.

Bésale y dale

ATREVIMIENTO: Pues ¿vendéisle y le besáis?
HOMBRE: Fïad en besos de Judas.

DESEO: ¡Bella joya!
HOMBRE: Puede dar
           su presencia vida y luz.
ENVIDIA: ¿Véisle? pues en una cruz
           le pienso hacer engastar,
             aunque le tenéis por santo.
HOMBRE: Con su luz eclipsará
           la del sol, si en ella está.
VANIDAD: Sois la Envidia, no me espanto.
CODICIA: ¿No jugamos?
ENVIDIA: No con vos.
CODICIA: ¿Por qué, si me habéis ganado?
HOMBRE: Ese dinero es hurtado.
CODICIA: Volvedme el *Agnus* de Dios,
             o vuelva el juego.
ENVIDIA: Ni gusto,
           ni ya dárosle podré,
           porque ofendiste su fe.
CODICIA: Vendí la sangre del Justo,
             tomad allá el vil dinero,
           que no faltará un cordel.

Arroja el dinero y vase la CODICIA

ENVIDIA: ¿El dinero? Dad con él
           en el campo de un ollero,
             que si son vasos quebrados
           los hombres que a restaurar
           viene Dios, bueno es comprar
           vasos de tierra formados
             con el dinero que es precio
           en que a Dios Judas vendió.
HOMBRE: Ya el desdichado se ahorcó.
ENGAÑO: Él murió como un gran necio.

Sale el TEMOR

TEMOR: Huye, señor, huye luego.

HOMBRE: Pues ¿quién viene?
TEMOR: La justicia
        de Dios, que tiene noticia
        de aquesta casa de juego,
          y tomarte residencia
        quiere.
HOMBRE: ¡Ay, cielos! ¿Dónde iré?
        ¿Adónde me esconderé?

Vase el HOMBRE

TEMOR: Como es de Dios su presencia
            y tú quebraste el mandato
        que te puso, no sé adónde
        huyas.
ENVIDIA: El hombre se esconde
        y huye por no dar barato.
ATREVIMIENTO: Vamos tras él.
DESEO: Es avaro.
ATREVIMIENTO: Barato nos ha de dar
        o el alma le ha de costar.
ENVIDIA: Dirá, lo barato es caro.

*Vanse todos. Vuelve a salir por otra puerta el
                HOMBRE asombrado*

HOMBRE: No hay lugar donde me esconda,
        que, con ser mudo el pecado,
        después que se ha cometido
        voces a Dios está dando.
        ¡Riscos, caed sobre mí!
        ¿Adónde iré, si arrastrando
        llevo la soga infelice
        que mis insultos me ataron?
        No hay hierba que no recele
        que es el juez que está tomando
        a mis culpas residencia
        donde han de acusarme tantos;

parece que en lo interior
del alma me están llamando
a voces que, con ser loco,
juicio severo aguardo.

Pregúntase y respóndese a si mismo re-
presentando al juez y al reo

"¡Ah, del calabozo obscuro
de la culpa y del pecado!"
"¿Quién llama?" "Salga a la udiencia
el hombre necio." "Ya salgo.
Grillos de hierro en mis yerros
y esposas de vicios saco,
que el mundo que es cazador
trata en prisiones y lazos.
En la sala de la audiencia,
sobre el trono soberano
del rigor y del poder,
me espera el juez asentado.
El potro del pensamiento
vueltas al alma está dando,
donde sirven de cordeles
mis pretéritos pecados.
Dios es el juez riguroso
que a voces me está citando."
"¿Por qué viene este hombre preso?"
"Por ladrón." "¿Qué es lo que ha hurtado?"
"La jurisdicción al rey,
contra quien ha conspirado
fiando de él el gobierno
de este mundo." "¡Oh, mal vasallo!
Digno es de echarle a galeras,
y así como tal, fallamos
que le azoten y que vaya
por eternidades de años
a la galera infelice
donde reman los forzados
en vez de salobres golfos

piélagos de ardiente espanto."
"Ya me sacan a azotar,
y pues que soy comparado
al jumento, iré en mí mismo
desnudo y avergonzado
sin las ropas de inocencia
que perdí. Ya voy pasando
las calles de los insultos
que mis locuras poblaron;
el rigor y la vergüenza
pregones en voz van dando,
oid, "Ésta es la justicia
que manda hacer el Rey sacro.
Nuestro Señor, de este hombre
por ladrón desatinado
que quiso ser como Dios,
mándale que sea azotado
sin cesar por la memoria
del bien que perdió su engaño,
que coma pan de sudor,
que viva siempre en trabajos."
"¡Ay, qué azotes tan crueles!
Paso, memoria cruel, paso."
"No hay paso; matalde y diga
el pregón en gritos altos,
ansí castiga Dios a un desdichado,
del cielo por soberbio desterrado.
Grave es la culpa, denle pena grave.
¡Ay cielos! Quien tal hace que tal pague.

Dicen de dentro

ATREVIMIENTO: Por aquí va el pecador,
        atajémosle los pasos.
HOMBRE: La justicia es ésta. ¿Adónde
        tendrá mi desdicha amparo?
        Despeñaréme.

Quiere despeñarse y detiénele CRISTO,

CRISTO: Detente.
HOMBRE: ¡Ay, cielo! ¿No es mi retrato
          el que delante los ojos
          tengo?
CRISTO: Sí.
HOMBRE: Nuevo milagro.
            Hombre, ¿quién eres?
CRISTO: Soy hombre.
HOMBRE: Luego pecador.
CRISTO: Traslado
          de la culpa si más limpia
          que esos cielos que he crïado,
          mi humana naturaleza
          es impecable y yo santo.
HOMBRE: A mí mismo en ti me veo.
            ¿Quién eres, hombre?
CRISTO: Tu hermano.
HOMBRE: ¿Cuándo tuve hermano yo?
CRISTO: Desde que tu ser humano
          me vestí por tu remedio.
HOMBRE: ¿Tú mi hermano!
CRISTO: Y mayorazgo
          de la posesión eterna.
HOMBRE: De oírte y verte me espanto.
            ¡Oh, semejanza divina,
            que porque yo fui crïado
            a semejanza de Dios
            en mi venturoso estado,
            tú mi semejanza tomas
            por parecerme en trabajos
            si yo a Dios me parecí
            en el sosiego y descanso!
            ¡Grande amor!
CRISTO: La semejanza
          le engendra; por ella te amo
          de suerte que a pagar vengo

deudas que te ejecutaron.
HOMBRE: Los hermanos parecidos
      Somos.
CRISTO: Serémoslo tanto,
      que hemos de ser una cosa.
HOMBRE: Pues, piadosísimo hermano,
      la justicia en busca mía
      el mundo anda registrando,
      y ya que se acerca siento.
CRISTO: Pues acógete al sagrado
      del hospital de la cruz,
      que yo, que a librarte bajo,
      pagaré por ti, pues tengo
      caudal.
HOMBRE: Por verme de él falto
      y mis obras sin valor,
      señor, me escondo y no pago.
CRISTO: En doblones de dos caras,
      que para esta deuda traigo
      en mis dos naturalezas,
      cobraré carta de pago
      y la fijaré en mi cruz.
HOMBRE: ¡Qué fiador tan abonado!
      Mi Dios, la justicia viene.
CRISTO: Pues vete y dame los brazos.

*Éntrase el HOMBRE y salen el ATREVIMIENTO, el
ENGAÑO y otros*

ENGAÑO: Que se levantó del juego
      y por no darnos barato
      se fué.
ATREVIMIENTO: ¿De qué te ha de dar?
ENGAÑO: ¡De qué! ¿No nos ha ganado
      los pasatiempos, deleites,
      dignidades, honras, cargos
      y riquezas de este mundo?
ATREVIMIENTO: Pues de eso ¿qué le ha quedado
      sino sola una mortaja

que, como quien ha jugado
y perdido, se congoja
con la baraja en las manos?
Mas ¿no es éste el hombre?
ENGAÑO: Él es.
ATREVIMIENTO: Lleguemos.
ENGAÑO: Señor hidalgo,
¿es él el pródigo, el noble,
el magnífico y el franco?
Pues ¿a su bufón siquiera
no le alcanzará el barato
de alguna joya?
CRISTO: ¿Quién sois?
ATREVIMIENTO: ¿Quién?
ENGAÑO: ¡Linda pregunta, al cabo
de todos nuestros servicios!
ATREVIMIENTO: ¡Gentil medra interesamos!
ENGAÑO: ¿Al Engaño desconoce?
CRISTO: Yo no conozco al Engaño.
ATREVIMIENTO: Bueno; el hombre se nos niega.
ENGAÑO: Mal modo de tripularnos.
ATREVIMIENTO: ¿Vos sois hombre de bien?
CRISTO: Sí.
ATREVIMIENTO: Pues, ladrón disimulado
que a Dios le hurtastes el ser,
dadnos barato.
CRISTO: No he hurtado
el ser yo a Dios. Su igual soy.
ENGAÑO: Este viento le ha quedado
en la cabeza.
ATREVIMIENTO: Es un loco.
ENGAÑO: Dad barato, o en un palo,
ladrón, entre dos ladrones
os pondremos.
CRISTO: Eso aguardo,
si bien baratos prometo.
ATREVIMIENTO: ¿A quién?
CRISTO: Al mundo, a quien amo,
de suerte que le he de dar
a mí mismo.

ENGAÑO: Bien medrado
          quedará el mundo con vos.
CRISTO: No conoce lo que valgo;
          pero él me conocerá
          después de resucitado.

Sale la MADALENA

MADALENA: Dadme barato, Señor.
CRISTO: ¿Quién sois?
MADALENA: Quien siete pecados
          encerró dentro del pecho.
CRISTO: Pues, Madalena, yo os hago
          libre de ellos, yo os perdono.

Vase MADALENA

ENGAÑO: Eso es mejor. ¿Quién te ha dado
          autoridad, que perdonas
          casos a Dios reservados?

Sale el Buen LADRÓN

LADRÓN: Un ladrón barato os pide.
CRISTO: A feliz tiempo has llegado.
          Yo te doy mi paraíso,
          a Juan mi pecho le he dado,
          a Pedro mi amada iglesia,
          mi doctrina doy a Pablo
          y el espíritu a mi Padre
          cuando le ponga en sus manos.

*Sale la JUSTICIA con una cruz en lugar de vara; salen
          con ella el DESEO y la ENVIDIA*

ENVIDIA: Aquí está el Hombre, Justicia,
             que, siendo primero hidalgo,
             perdiendo la ejecutoria
             de la gracia, es ya villano.
DESEO: Pues si es villano, bien puede
             ir preso por deudas.
JUSTICIA: Alto;
             llévele luego la Envidia.
ENVIDIA: Hijo de Dios se ha llamado,
             líbrese agora a sí mismo.
JUSTICIA: Yo haré ponerle en un palo
             donde pague puntualmente.
CRISTO: Pues me tienen por mi hermano,
             sus culpas satisfaré.
             Padre, este cáliz amargo
             bebo por él, porque él beba
             la sangre de mi costado.
ENVIDIA: Ponedle a cuestas la vara
             de vuestra justicia.
CRISTO: El cargo
             me derriba de su peso.

*Pónele al hombro la vara, y cae con
ella*

JUSTICIA: Es de yerros, no me espanto.
ENVIDIA: Venga y muera el hombre, o pague.
CRISTO: Muera yo y viva mi hermano,
             pues esta es la justicia que ha mandado
             hacer por él en mí mi mismo agravio,
             que, pues siendo yo Dios quise fïarle,
             justo es que quien tal hizo que tal pague.

*Llévanle con la cruz a cuestas y sale el
HOMBRE*

HOMBRE: A mi hermano llevan preso
              porque ha sido reputado
              por pecador, y yo estoy
              suelto y libre. ¡Oh amor raro!
              ¡Oh similitud preciosa!
              ¡Oh generoso retrato
              del Padre Eterno, en quien siempre
              se está fecundo mirando!
              Mil alabanzas te doy,
              pues del hombre enamorado
              hombre te quisiste hacer,
              porque el hombre no sea esclavo.
ATREVIMIENTO: ¿No es éste el preso?
ENVIDIA: El mismo es.
ATREVIMIENTO: Si es él, ¿cómo se ha librado
              de la divina justicia?
              Vuelva preso.
HOMBRE: Eterno hermano,
              que me llevan a la cárcel.

*Suena música. Aparécese un cáliz
muy grande y de en medio de él una cruz, y en ella CRISTO,
y al pie de ella fijado un pergamino escrito; salen cinco listones
carmesíes como caños de sangre de los pies, manos y
pecho de CRISTO, que dan en el cáliz grande y de él
en otro pequeño que esté en un altar con una
hostia*

CRISTO: Dejad a mi hermano caro,
              pues que tan caro me cuesta
              que por él la vida he dado.
              Llega, hermano parecido,
              y si del fruto vedado
              comiste por ser cual Dios,
              éste es de la vida el árbol,
              como Dios serás si comes;
              dándote antes agua manos
              la fuente de tu dolor,
              más de lo que debes pago

por ti, mas porque también
el fruto de mis trabajos
te aproveche, haz de la tuya
lo que por mi ley te mando.
Tus obras han de salvarte
valor de mi cruz medrando;
fe con obras, hombre, pido.

HOMBRE: Fe con obras, Señor, mando.

CRISTO: Llega, pues, come mi cuerpo,
que es el fruto sacrosanto
de este árbol de vida;
bebe la sangre que te derramo,
que para que de este modo
más los dos nos parezcamos,
yo en ti, tú en mí viviremos.

HOMBRE: ¡Oh, amor de asombroso espanto!
Clavada miro en la cruz
la obligación del pecado;
¿cómo comerá seguro
quien debe si no ha pagado?
Tiemblo de tan duro empeño.

CRISTO: Ya fenecieron tus daños;
borrada está, si lo adviertes,
yo soy la carta de pago,
mis letras están heridas,
cinco mil renglones traigo.

HOMBRE: Cantad, músicos eternos,
el amor nunca imitado
de Dios al hombre, pues son
los parecidos hermanos.

Cantan

*"Por la imagen del hombre
Dios y hombre paga.
¡Venturosa mil veces
tal semejanza!
El hombre terreno
comió la manzana,*

perdió la inocencia,
costóle la gracia.
El hombre celeste
en él se retrata,
pagóle sus deudas,
llevóle a su casa.
Por la imagen del hombre
Dios y hombre paga.
¡Venturosa mil veces
tal semejanza!"

Encúbrese todo con mucha
música

FIN DEL AUTO